© 2011 Disney Enterprises, Inc.
Inspiré du scénario d'Eddy Kitsis & Adam Horowitz
Inspiré des personnages créés par Steven Lisberger et Bonnie MacBird
Producteur exécutif : Donald Kushner
Produit par Sean Bailey, Jeffrey Silver, Steven Lisberger
Réalisé par Joseph Kosinski

Traduction de Sophie Koechlin.

JEUNESSE

La plupart des parents racontent à leurs enfants
des contes de fées remplis de superbes princesses
et de chevaliers courageux. Mais Kevin Flynn n'était pas
comme la plupart des parents. C'était un informaticien
génial, et il avait conçu l'un des meilleurs jeux vidéo du
monde. Et le soir, il racontait à son fils des histoires qui
se déroulaient dans un monde cybernétique appelé la
Grille, où des guerriers digitaux se battaient contre le Mal.

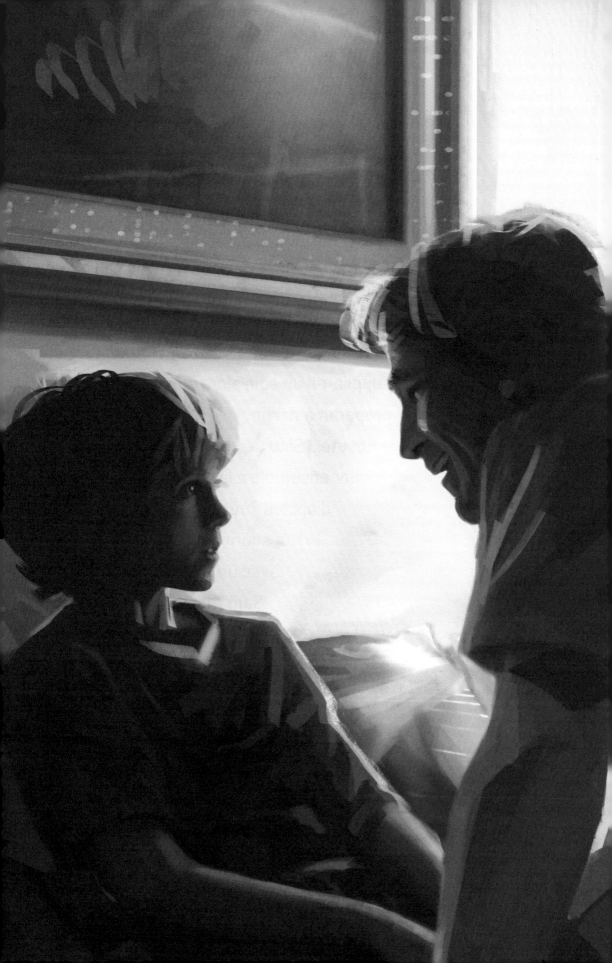

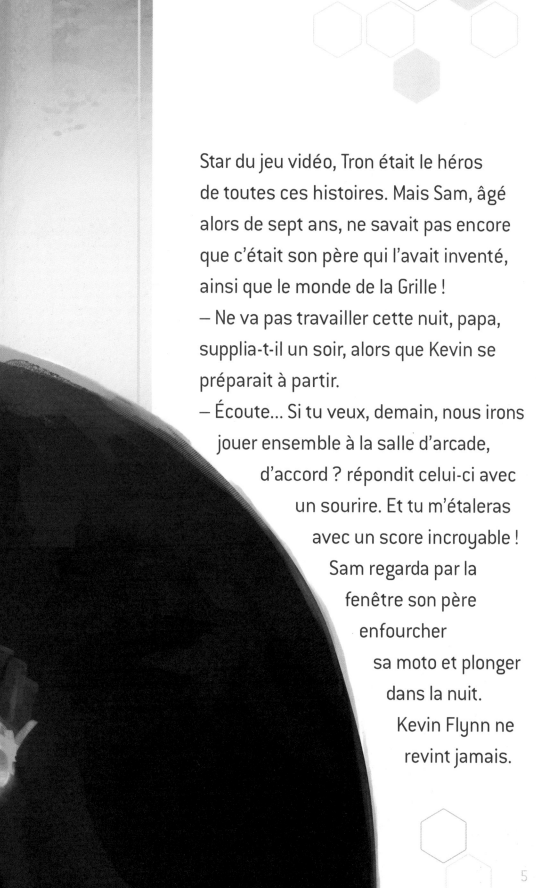

Star du jeu vidéo, Tron était le héros de toutes ces histoires. Mais Sam, âgé alors de sept ans, ne savait pas encore que c'était son père qui l'avait inventé, ainsi que le monde de la Grille !

– Ne va pas travailler cette nuit, papa, supplia-t-il un soir, alors que Kevin se préparait à partir.

– Écoute... Si tu veux, demain, nous irons jouer ensemble à la salle d'arcade, d'accord ? répondit celui-ci avec un sourire. Et tu m'étaleras avec un score incroyable !

Sam regarda par la fenêtre son père enfourcher sa moto et plonger dans la nuit.

Kevin Flynn ne revint jamais.

Cette disparition resta un mystère complet, et vingt ans s'écoulèrent.

Un soir, Sam reçut la visite d'un vieil ami de la famille, Alan Bradley, qu'il trouva devant sa porte.

Alan avait été l'associé en affaires de son père, et pendant toutes ces années, il avait veillé sur Sam.

— Pourquoi es-tu là ? demanda le jeune homme, assez surpris.

— Je t'avais promis de te prévenir si j'avais des informations à propos de ton père, répondit Alan en sortant de sa poche un vieux beeper, instrument dont on se servait avant l'invention des téléphones portables. Hier soir, j'ai été bipé. L'appel provenait de la salle d'arcade.

Cela était absurde. La salle d'arcade, qui avait
appartenu à Kevin Flynn, avait jadis été l'un
des endroits les plus fréquentés de la ville.
Maintenant, c'était un bâtiment abandonné.

— Voilà les clefs pour y entrer, dit Alan. Je n'y ai
pas mis les pieds depuis qu'on l'a fermée.
Je pense que c'est à toi d'aller voir.

Sam ne savait que répondre.

— Tu agis comme si tu pensais que j'allais y
trouver mon père assis derrière son bureau !
plaisanta-t-il.

— Et si jamais c'était le cas ? répondit Alan
sérieusement.

Cette nuit-là, Sam enfourcha sa moto et roula
jusqu'à la bâtisse, dans laquelle il entra. La salle
abandonnée l'impressionna, mais il sourit en
apercevant la machine de son jeu favori : Tron.

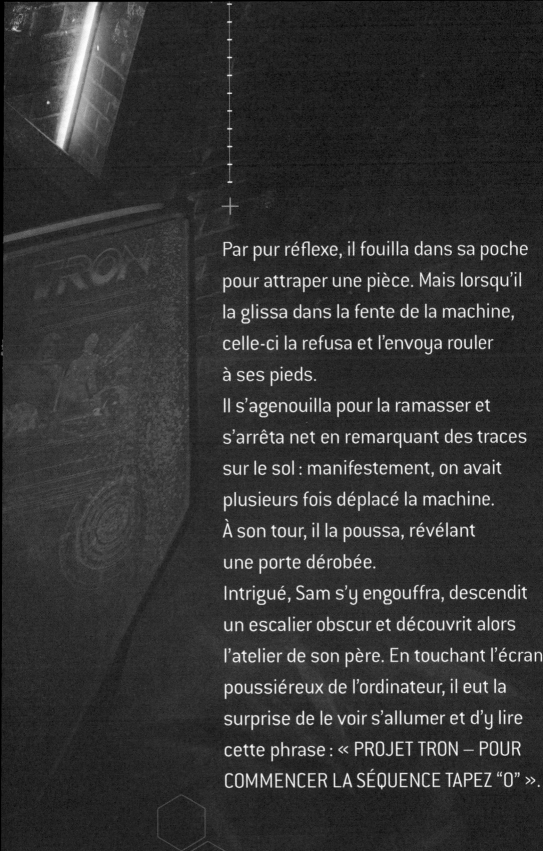

Par pur réflexe, il fouilla dans sa poche
pour attraper une pièce. Mais lorsqu'il
la glissa dans la fente de la machine,
celle-ci la refusa et l'envoya rouler
à ses pieds.

Il s'agenouilla pour la ramasser et
s'arrêta net en remarquant des traces
sur le sol : manifestement, on avait
plusieurs fois déplacé la machine.
À son tour, il la poussa, révélant
une porte dérobée.

Intrigué, Sam s'y engouffra, descendit
un escalier obscur et découvrit alors
l'atelier de son père. En touchant l'écran
poussiéreux de l'ordinateur, il eut la
surprise de le voir s'allumer et d'y lire
cette phrase : « PROJET TRON – POUR
COMMENCER LA SÉQUENCE TAPEZ "0" ».

« Pourquoi pas ? » songea Sam en tapant « 0 ». Subitement, une lumière bleue et aveuglante envahit l'atelier. Pendant un petit moment, Sam resta ébloui. Lorsque sa vue s'éclaircit enfin, la déception s'empara de lui. L'atelier n'avait pas changé, son père ne s'y trouvait toujours pas. Dépité, il remonta l'escalier.

Lorsqu'il sortit de la bâtisse, la rue lui sembla différente. La ville, baignée d'une lueur bleutée, était plongée dans un brouillard étrange. Sam constata aussi que sa moto avait disparu.

Soudain, un nouveau rayon de lumière l'illumina. Au début, il pensa que c'était le projecteur d'un hélicoptère de la police, mais lorsqu'il leva la tête, il vit un immense engin, qui ressemblait en tout point à l'un des modèles réduits, issus de l'univers de Tron, avec lesquels il jouait petit. C'était un vaisseau spatial en forme de U inversé, que son père avait baptisé Reconnaisseur.

Une voix résonna dans un haut-parleur :
« Identifiez-vous, Programme ! »
Puis le vaisseau atterrit, et une porte
s'ouvrit sur deux Sentinelles. Ce fut à cet
instant que Sam comprit qu'il n'était plus
dans le monde réel, mais à l'intérieur
du jeu de son père ! Sans savoir comment,
il avait pénétré dans le monde de la Grille !
– Ce programme n'a pas de disque dur,
annonça l'une des Sentinelles. Encore
un Vagabond.
– Attendez ! hurla Sam alors qu'on
l'entraînait vers le vaisseau.
Grâce aux histoires jadis racontées par
son père, il savait que tous les gens qui
vivaient dans le monde de la Grille, malgré
leur apparence humaine, étaient en fait
des programmes informatiques. Tous
étaient équipés d'un disque de données
avec un code source.
Il essaya d'expliquer qu'il n'avait pas
de disque parce qu'il était humain, mais
personne ne l'écouta et il dut embarquer.

Après un vol de courte durée,
le Reconnaisseur atterrit de nouveau,
et Sam fut poussé dans une longue file
de programmes vagabonds. Triant les
arrivants les uns après les autres, un
officier assignait à chacun une fonction
et une destination.

— Je sais que vous avez déjà dû
l'entendre cent fois, plaida Sam lorsque
ce fut son tour, mais il y a eu erreur.
Il faut que je parle à quelqu'un.

— Aux Jeux ! décida l'officier sans prêter
attention à ce qu'il disait.

Avant que Sam ne comprenne ce qu'il
lui arrivait, on le fit entrer à l'armurerie,
où un groupe de femmes-programmes
nommées Sirènes l'équipèrent d'un
disque et d'une armure de combattant —
la même exactement que celle que Tron
arborait durant ses combats virtuels.

Le stade ressemblait à un Colisée du futur. Une immense foule de spectateurs attendait le début des prochains affrontements. Lorsqu'un programme lançait son disque, celui-ci devenait une arme qui, tel un boomerang, frappait sa cible avant de revenir vers son propriétaire.

Ces Jeux rappelèrent à Sam ceux auxquels il jouait autrefois avec son père. Mais là, pas moyen d'éteindre pour passer à autre chose ! Cette évidence le frappa lorsqu'il vit l'un des combattants perdre son match et exploser en millions de pixels. Ici, perdre signifiait mourir. Sam s'avança vers son premier adversaire. Très haut au-dessus de l'arène, dans une cabine vitrée, une silhouette casquée, supervisant le terrible combat qui allait commencer, observait la piste...

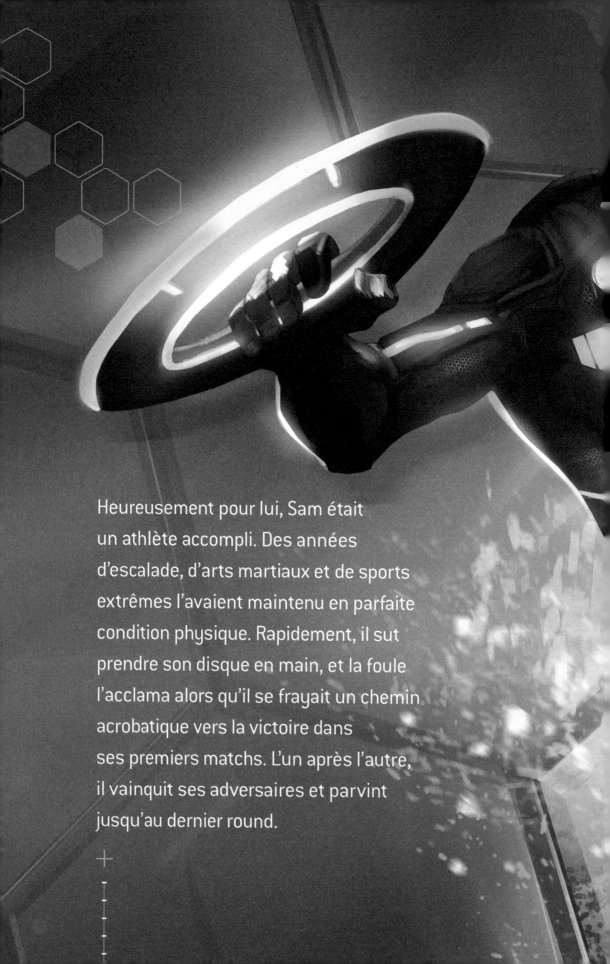

Heureusement pour lui, Sam était
un athlète accompli. Des années
d'escalade, d'arts martiaux et de sports
extrêmes l'avaient maintenu en parfaite
condition physique. Rapidement, il sut
prendre son disque en main, et la foule
l'acclama alors qu'il se frayait un chemin
acrobatique vers la victoire dans
ses premiers matchs. L'un après l'autre,
il vainquit ses adversaires et parvint
jusqu'au dernier round.

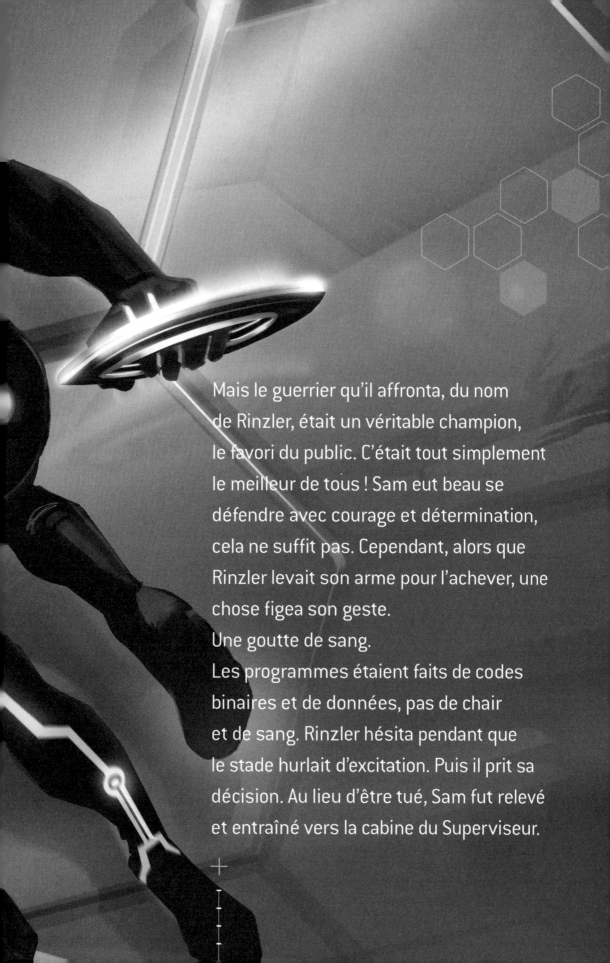

Mais le guerrier qu'il affronta, du nom de Rinzler, était un véritable champion, le favori du public. C'était tout simplement le meilleur de tous ! Sam eut beau se défendre avec courage et détermination, cela ne suffit pas. Cependant, alors que Rinzler levait son arme pour l'achever, une chose figea son geste.

Une goutte de sang.

Les programmes étaient faits de codes binaires et de données, pas de chair et de sang. Rinzler hésita pendant que le stade hurlait d'excitation. Puis il prit sa décision. Au lieu d'être tué, Sam fut relevé et entraîné vers la cabine du Superviseur.

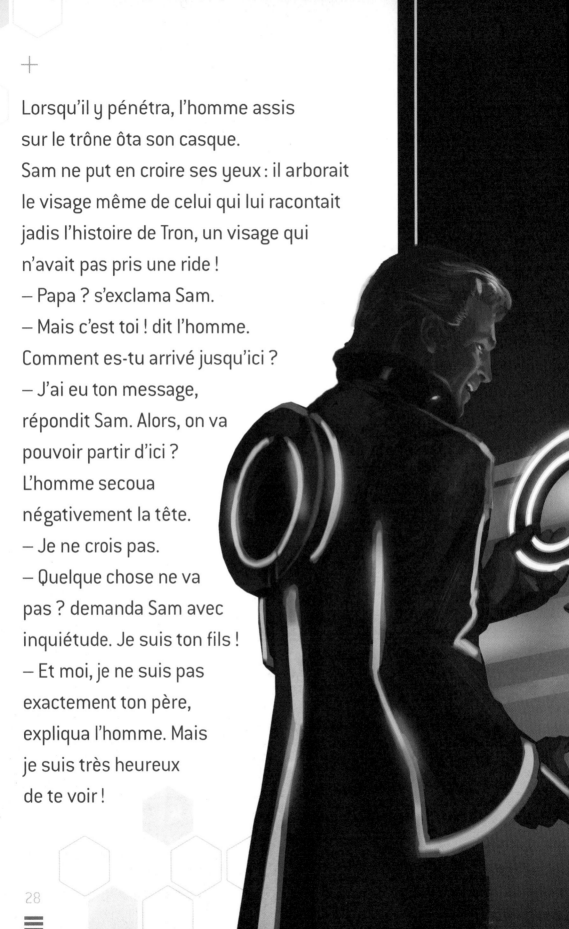

Lorsqu'il y pénétra, l'homme assis
sur le trône ôta son casque.
Sam ne put en croire ses yeux : il arborait
le visage même de celui qui lui racontait
jadis l'histoire de Tron, un visage qui
n'avait pas pris une ride !
— Papa ? s'exclama Sam.
— Mais c'est toi ! dit l'homme.
Comment es-tu arrivé jusqu'ici ?
— J'ai eu ton message,
répondit Sam. Alors, on va
pouvoir partir d'ici ?
L'homme secoua
négativement la tête.
— Je ne crois pas.
— Quelque chose ne va
pas ? demanda Sam avec
inquiétude. Je suis ton fils !
— Et moi, je ne suis pas
exactement ton père,
expliqua l'homme. Mais
je suis très heureux
de te voir !

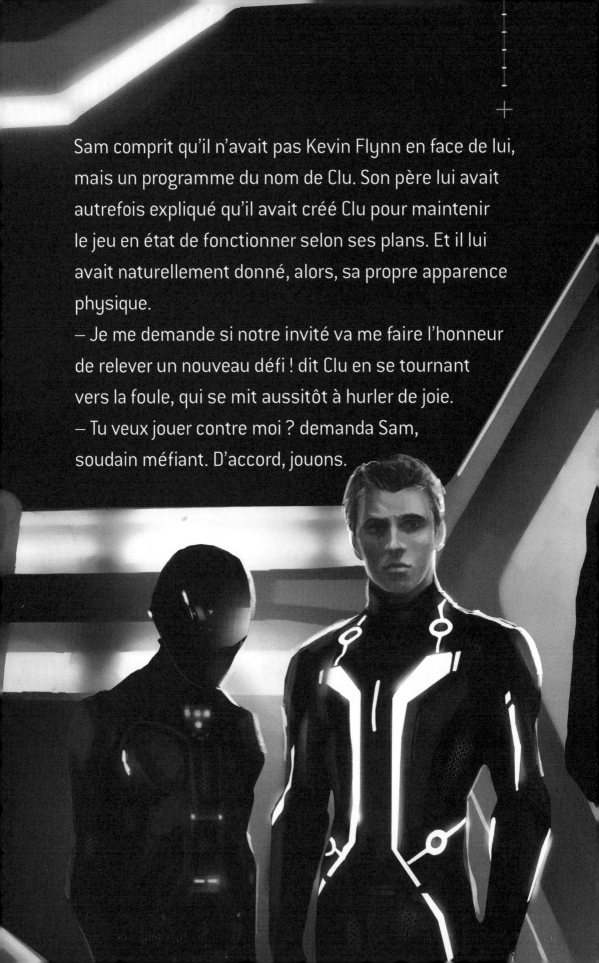

Sam comprit qu'il n'avait pas Kevin Flynn en face de lui, mais un programme du nom de Clu. Son père lui avait autrefois expliqué qu'il avait créé Clu pour maintenir le jeu en état de fonctionner selon ses plans. Et il lui avait naturellement donné, alors, sa propre apparence physique.

— Je me demande si notre invité va me faire l'honneur de relever un nouveau défi ! dit Clu en se tournant vers la foule, qui se mit aussitôt à hurler de joie.

— Tu veux jouer contre moi ? demanda Sam, soudain méfiant. D'accord, jouons.

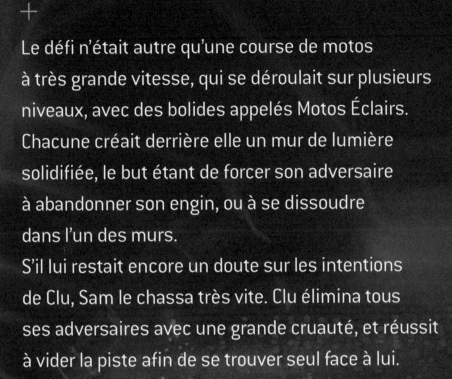

Le défi n'était autre qu'une course de motos
à très grande vitesse, qui se déroulait sur plusieurs
niveaux, avec des bolides appelés Motos Éclairs.
Chacune créait derrière elle un mur de lumière
solidifiée, le but étant de forcer son adversaire
à abandonner son engin, ou à se dissoudre
dans l'un des murs.
S'il lui restait encore un doute sur les intentions
de Clu, Sam le chassa très vite. Clu élimina tous
ses adversaires avec une grande cruauté, et réussit
à vider la piste afin de se trouver seul face à lui.

Sam se défendait bien, mais Clu avait l'expérience
du jeu. Il fonça sur le jeune homme et le désarçonna
de sa machine. Puis il se prépara
à l'achever. Mais plutôt que de fuir ou d'essayer
de se cacher, Sam bondit sur ses pieds et lui fit face.
Ce magnifique acte de courage enthousiasma
la foule.

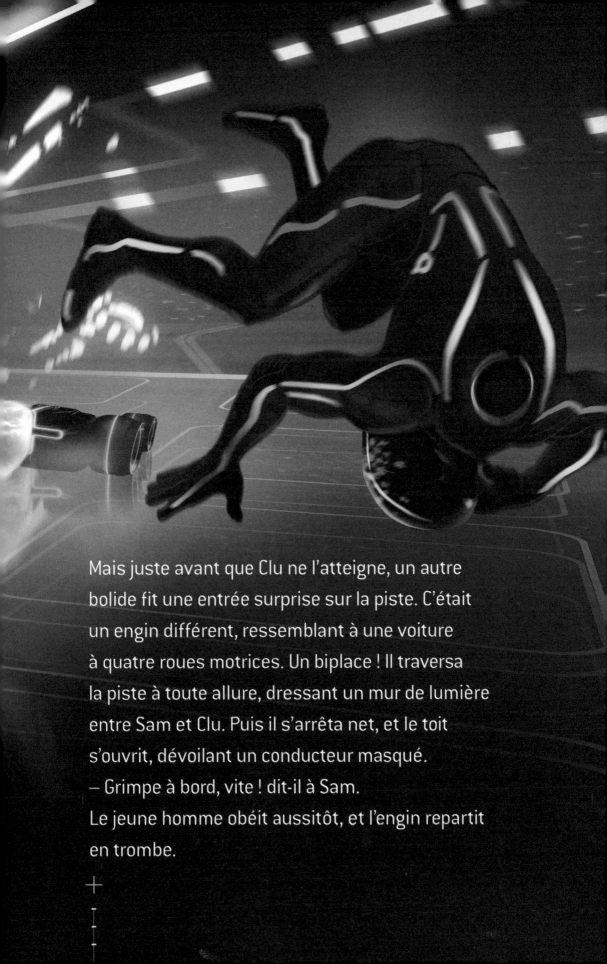

Mais juste avant que Clu ne l'atteigne, un autre
bolide fit une entrée surprise sur la piste. C'était
un engin différent, ressemblant à une voiture
à quatre roues motrices. Un biplace ! Il traversa
la piste à toute allure, dressant un mur de lumière
entre Sam et Clu. Puis il s'arrêta net, et le toit
s'ouvrit, dévoilant un conducteur masqué.
– Grimpe à bord, vite ! dit-il à Sam.
Le jeune homme obéit aussitôt, et l'engin repartit
en trombe.

Sam se retourna pour voir que quelques
guerriers de Clu les prenaient en chasse.
À son côté, le conducteur accéléra
encore, fonçant vers l'enceinte qui
délimitait l'aire des Jeux. Juste au
moment où Sam pensa que le bolide
allait s'y écraser, le conducteur appuya
sur un bouton, libérant deux missiles
qui, en explosant, ouvrirent une brèche
dans le mur. Et, une seconde après,
le biplace s'enfonça dans l'obscurité.
Alors, le conducteur ouvrit la visière
de son casque, révélant une superbe
jeune femme brune aux cheveux courts.
— Je m'appelle Quorra, dit-elle à Sam.
Celui-ci se retourna encore, et vit que
les Motos Éclairs avaient stoppé devant
la brèche.
— Ils ne nous poursuivent pas !
s'écria-t-il.
— Ils n'ont pas le choix, expliqua Quorra.
Ils ne peuvent pas quitter le monde
de la Grille. Ils perdraient leur puissance.
— Comment ça ?

Quorra sourit tout en continuant de conduire.

– Patience, Sam Flynn. Bientôt, tu obtiendras toutes
les réponses à tes questions !

Après avoir laissé la cité au loin, le biplace atteignit
les premiers contreforts d'une montagne. Une entrée
secrète s'ouvrit dans une paroi, et Quorra, après s'être garée,
conduisit Sam dans une pièce sombre. Une baie s'ouvrait
sur une vue splendide du paysage. Au milieu de la chambre,
un homme était assis, plongé dans une méditation profonde.

– Nous avons un invité ! lui annonça Quorra.

– Il n'y a jamais d'invités ici, Quorra, répondit l'homme
en se levant souplement.

Mais lorsqu'il se retourna, il se figea net, et un sourire étonné
naquit sur ses lèvres.

– Sam ?

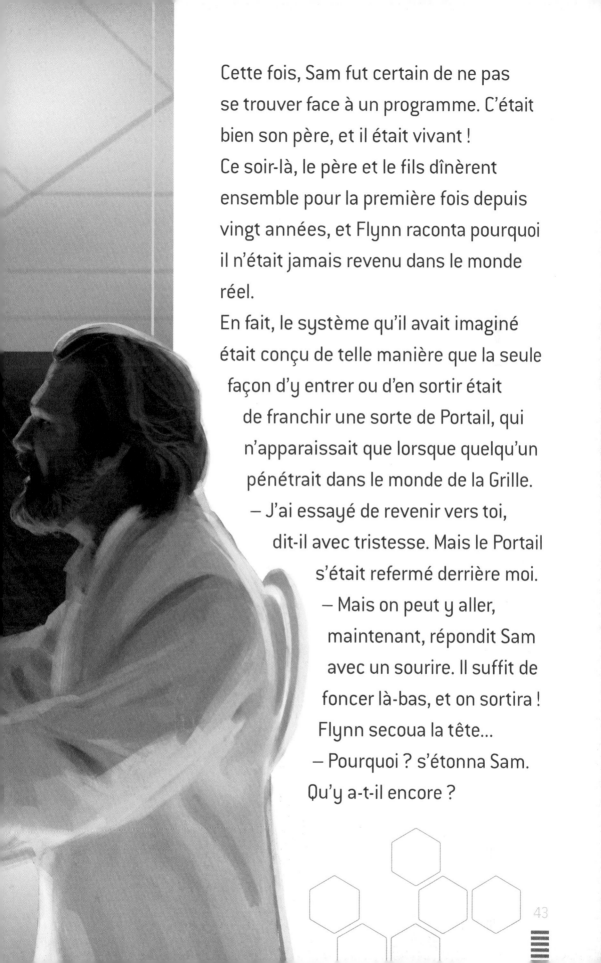

Cette fois, Sam fut certain de ne pas se trouver face à un programme. C'était bien son père, et il était vivant !

Ce soir-là, le père et le fils dînèrent ensemble pour la première fois depuis vingt années, et Flynn raconta pourquoi il n'était jamais revenu dans le monde réel.

En fait, le système qu'il avait imaginé était conçu de telle manière que la seule façon d'y entrer ou d'en sortir était de franchir une sorte de Portail, qui n'apparaissait que lorsque quelqu'un pénétrait dans le monde de la Grille.

— J'ai essayé de revenir vers toi, dit-il avec tristesse. Mais le Portail s'était refermé derrière moi.

— Mais on peut y aller, maintenant, répondit Sam avec un sourire. Il suffit de foncer là-bas, et on sortira !

Flynn secoua la tête...

— Pourquoi ? s'étonna Sam. Qu'y a-t-il encore ?

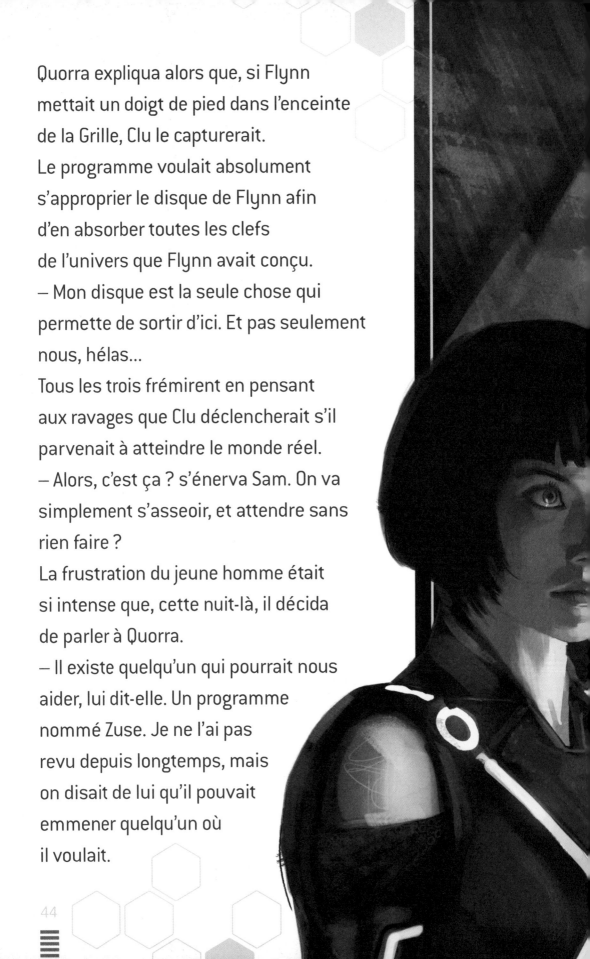

Quorra expliqua alors que, si Flynn mettait un doigt de pied dans l'enceinte de la Grille, Clu le capturerait.

Le programme voulait absolument s'approprier le disque de Flynn afin d'en absorber toutes les clefs de l'univers que Flynn avait conçu.

– Mon disque est la seule chose qui permette de sortir d'ici. Et pas seulement nous, hélas...

Tous les trois frémirent en pensant aux ravages que Clu déclencherait s'il parvenait à atteindre le monde réel.

– Alors, c'est ça ? s'énerva Sam. On va simplement s'asseoir, et attendre sans rien faire ?

La frustration du jeune homme était si intense que, cette nuit-là, il décida de parler à Quorra.

– Il existe quelqu'un qui pourrait nous aider, lui dit-elle. Un programme nommé Zuse. Je ne l'ai pas revu depuis longtemps, mais on disait de lui qu'il pouvait emmener quelqu'un où il voulait.

– Comment pourrais-je le trouver ?
demanda Sam.

Quorra lui donna une carte du monde
de la Grille.

– C'est dans ce secteur, montra-t-elle.
Si tu y arrives vivant, il viendra à toi.

La nuit même, Sam repartit sur la Moto
Éclair de son père.

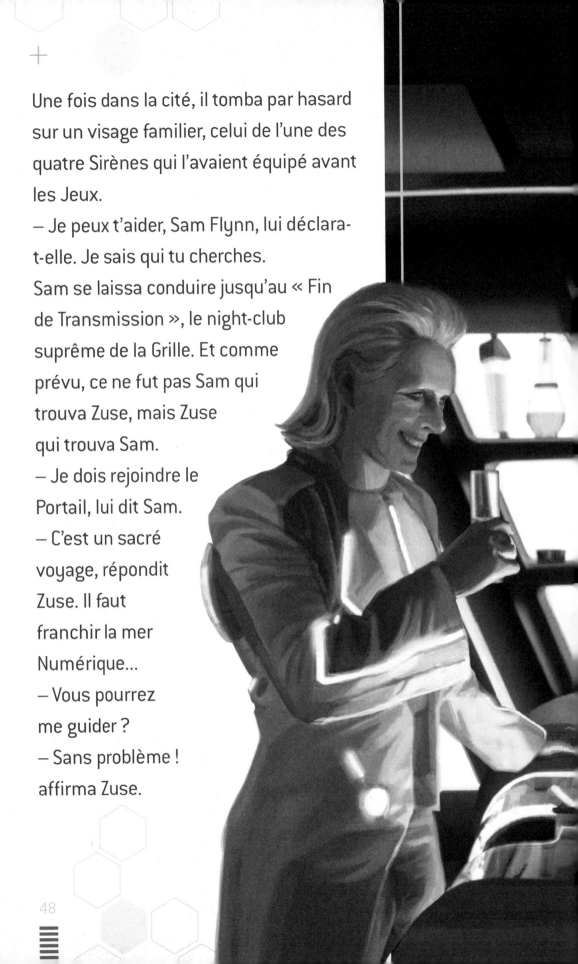

Une fois dans la cité, il tomba par hasard sur un visage familier, celui de l'une des quatre Sirènes qui l'avaient équipé avant les Jeux.

— Je peux t'aider, Sam Flynn, lui déclara-t-elle. Je sais qui tu cherches.

Sam se laissa conduire jusqu'au « Fin de Transmission », le night-club suprême de la Grille. Et comme prévu, ce ne fut pas Sam qui trouva Zuse, mais Zuse qui trouva Sam.

— Je dois rejoindre le Portail, lui dit Sam.

— C'est un sacré voyage, répondit Zuse. Il faut franchir la mer Numérique...

— Vous pourrez me guider ?

— Sans problème ! affirma Zuse.

Mais juste au moment où Sam commençait
à retrouver espoir, quatre programmes de la Garde
Noire de Clu jaillirent du ciel sur des engins volants.
Sam comprit que Zuse l'avait trahi. Il travaillait pour
Clu !
– Les cartes ont changé de main, fils de Flynn !
lui dit-il.

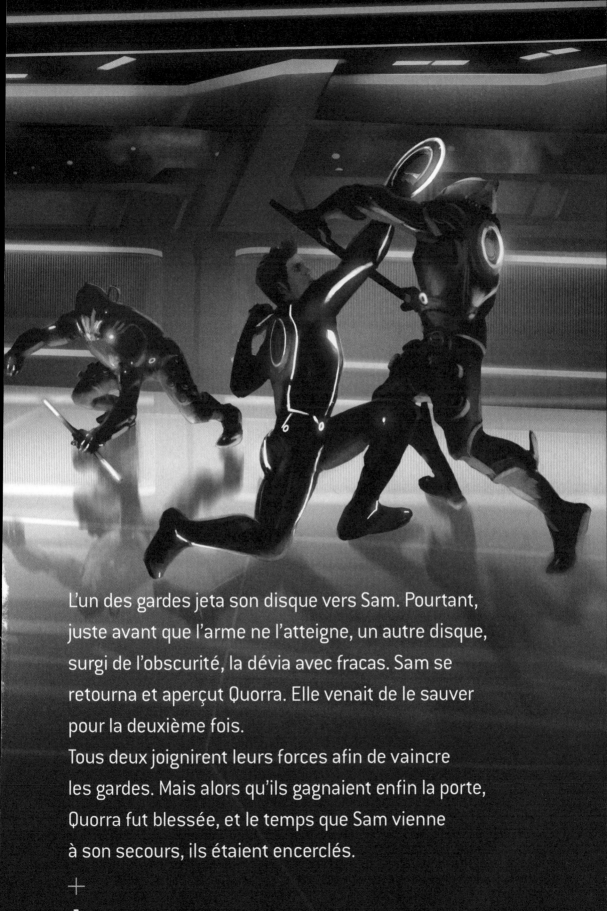

L'un des gardes jeta son disque vers Sam. Pourtant,
juste avant que l'arme ne l'atteigne, un autre disque,
surgi de l'obscurité, la dévia avec fracas. Sam se
retourna et aperçut Quorra. Elle venait de le sauver
pour la deuxième fois.

Tous deux joignirent leurs forces afin de vaincre
les gardes. Mais alors qu'ils gagnaient enfin la porte,
Quorra fut blessée, et le temps que Sam vienne
à son secours, ils étaient encerclés.

+

Soudain, une silhouette masquée
apparut, et une gigantesque décharge
d'énergie secoua tout le club.
Kevin Flynn était de retour.
– Reste à mes côtés, Sam ! ordonna-t-il.
Le père et le fils profitèrent de la
confusion pour mettre Quorra à l'abri
dans un ascenseur. Mais juste avant que
les portes ne se ferment, l'un des gardes
attrapa le disque fixé sur le dos de Flynn !

Le trio réussit cependant à s'échapper vers les niveaux supérieurs de la cité. Portant Quorra, les Flynn se glissèrent à bord d'un vaisseau-cargo, qui s'éloigna le long d'un éclair de lumière, cap sur le lieu où se trouvait le Portail. Une fois au calme, Flynn examina la blessure de Quorra.

– Est-ce qu'elle va s'en tirer ? demanda Sam.

– Je ne sais pas, murmura Flynn. Je dois trouver ce qui a été endommagé dans son code. C'est très complexe.

– Elle a risqué sa vie pour moi, dit Sam avec tristesse.

– Certaines choses valent le coup de prendre des risques, répondit Flynn avec un sourire.

Enfin, il réussit à identifier la partie endommagée du code sur le disque de Quorra. Aussitôt, une tresse lumineuse, de l'apparence d'un néon coloré, apparut et soigna la blessure.

– Voilà qui est impressionnant, si je puis me féliciter moi-même ! déclara Flynn.

Dès que Quorra revint à elle, Sam lui
expliqua ce qu'il s'était passé.

– Clu a le disque ? demanda-t-elle.

Sam acquiesça et la rassura :

– Ne t'inquiète pas. Dès que je serai sorti
de la Grille, je pourrai l'arrêter.

À cet instant, Flynn aperçut un vaisseau
géant du nom de Rectifieur, vers lequel
leur cargo commença à bifurquer.

– Que se passe-t-il ? demanda Sam.

– On a changé de cap, marmonna Flynn.

Il n'y avait rien à faire. Le cargo,
irrésistiblement attiré par le Rectifieur,
finit par y pénétrer, comme aspiré.
L'étonnement des Flynn crut encore
lorsqu'ils virent le pont sur lequel ils
s'immobilisaient rempli de programmes
désactivés en rang.

– Qu'est-ce que tout ça signifie ?
demanda Quorra.

– Clu ne peut pas créer de programmes,
expliqua Flynn. Il peut juste
les désactiver, ou les reprogrammer.

– Les reprogrammer ? Pour quoi faire ?

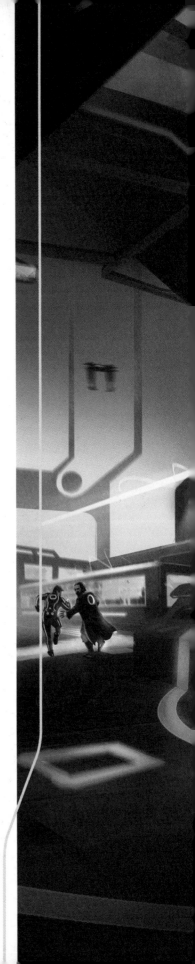

Alors, ils comprirent que le Rectifieur
était en fait une gigantesque base
militaire. De nombreux véhicules étaient
déchargés d'autres vaisseaux, et des
milliers de programmes issus de leur
soute s'alignaient en formations serrées.
– Il est en train de bâtir une armée !
dit Sam.
À ce moment précis, ils aperçurent
Rinzler et un escadron de la Garde Noire.
Quorra comprit qu'ils auraient besoin
d'une diversion pour s'échapper. Tendant
son disque à Flynn, elle lui dit au revoir.
– Attends ! s'exclama-t-il.
Trop tard. Déjà, Quorra avait sauté
entre des containers, suffisamment
bruyamment pour attirer l'attention
de Rinzler.
Sam ne pouvait le croire. Encore une fois,
elle se sacrifiait pour leur sécurité.
– On ne peut pas la laisser seule !
– Nous n'avons pas le choix, répondit
Flynn.

Le père et le fils eurent le temps
de filer, mais Quorra fut capturée.
Soudain, ils aperçurent
une malette dans laquelle
brillait le disque de Flynn.
– C'est ton disque ! Il faut
le récupérer ! dit Sam.
– Non, c'est trop tard, refusa Flynn.
Mieux vaut se rendre au Portail.
– Mais Quorra ? demanda Sam.
Certaines choses valent le coup
de prendre des risques !
Laissant son père s'éloigner,
il pénétra dans la pièce où se
trouvaient le disque et Quorra,
gardée par Rinzler. Sam projeta
son arme, et Rinzler la bloqua.
Alors, d'un geste rapide, Sam
attrapa le disque de son père
et le lança sur son ennemi.
Sous le choc, Rinzler s'effondra.
Avant qu'il n'atteigne le sol,
Quorra le propulsa
à l'extérieur de la cabine
d'un fulgurant coup de pied.

— Je l'ai eu là où je voulais le frapper ! plaisanta-t-elle.

— J'ai vu ça ! s'amusa Sam, heureux d'avoir pu, à son tour, venir en aide à la guerrière.

Puis il saisit un parachute et, ensemble, ils sautèrent du pont du Rectifieur pour rejoindre Kevin Flynn. Ils avaient réussi à échapper aux forces de Clu, et récupéré le disque. Il était maintenant grand temps de rejoindre le Portail et de revenir dans le monde réel ! Impuissant, Clu, qui venait d'arriver sur le pont, les regarda partir. Ils étaient libres !